ESTE LIVRO PERTENCE A

AUTHENTIC GAMES
Aventura Jurássica

Copyright ©2020, Marco Túlio
Todos os direitos reservados à Astral Cultural e protegidos
pela Lei 9.610, de 19.2.1998. É proibida a reprodução total ou parcial
sem a expressa anuência da editora. Este livro foi revisado segundo
o Novo Acordo Ortográfico da Língua Portuguesa.

Produção editorial Aline Santos, Bárbara Gatti, Fernanda Costa,
Mariana Rodrigueiro, Natália Ortega, Paula Santana/Colaboradora
e Tâmizi Ribeiro
Capa Agência MOV e Aline Santos   **Ilustração** VicTycoon
Ilustrações personagens VicTycoon e Pepeu404
Ilustrações cenários Gamegfx/shutterstock, ProStockStudio/shutterstock, TDubov/shutterstock, Ihor Biliavskyi/shutterstock, Yevheniia Rodina/shutterstock, Krafted/shutterstock, brgfx/shutterstock, FoxyImage/shutterstock, Nearbirds/shutterstock, Vectorpocket/shutterstock, Iconic Bestiary/shutterstock, ART PAL/shutterstock
Fotos do autor Leca Novo
Avaliação pedagógica Luciana Ribeiro Salomão

Dados Internacionais de Catalogação na Publicação (CIP)
Angélica Ilacqua CRB-8/7057

T83a   Túlio, Marco
           AuthenticGames: aventura jurássica /
        Marco Túlio ; [ilustrações de VicTycoon] – Bauru,
        SP: Astral Cultural, 2020.
           48 p. : il., color.

        ISBN: 978-65-5566-008-1

        1. Literatura infantojuvenil 2. Minecraft (jogo)
        I. Título II. VicTycoon

        20-2149
                                                CDD 028.5

Índice para catálogo sistemático:
1. Literatura infantojuvenil

ASTRAL CULTURAL É A DIVISÃO LIVROS
DA EDITORA ALTO ASTRAL.

BAURU   SÃO PAULO
Av. Nossa Senhora de Fátima, 10-24 Rua Helena 140, sala 13
CEP 17017-337   1° andar, Vila Olímpia
Telefone: (14) 3235-3878   CEP 04552-050
Fax: (14) 3235-3879

E-mail: contato@astralcultural.com.br

BEM-VINDOS À MINHA COLEÇÃO!

Maninhos e maninhas, estejam preparados para encarar mais uma aventura! A coleção AuthenticGames conta com doze histórias incríveis para se divertir e aprender muito comigo e com minha turma. Em cada livro, vamos levar bons exemplos e importantes lições para serem praticadas no dia a dia. Nesta história, vocês vão aprender o verdadeiro significado da graça e por que é importante tomar boas decisões e respeitar o espaço do próximo, seja uma pessoa ou um bichinho.

Dava para sentir de longe a empolgação da garotada em frente à escola. Todos estavam animados para o passeio da turma no Zoo. AuthenticGames e BaixaMemória estavam aguardando por esse dia com muita animação. Nada como um dia de sol para aprender mais sobre diferentes espécies de animais e se divertir muito com os amigos. Todo mundo adorava quando a professora sugeria realizar atividades fora da escola.

Quando viram o ônibus virando a esquina da escola, todos saíram correndo pela calçada para formarem uma fila. A turminha não via a hora de partir para mais uma aventura.

— Calma aí, Baixa! Desse jeito, você vai atropelar todo mundo! — Authentic riu.

— Quero pegar um bom lugar para nós dois! — Baixa ficou mais próximo do começo da fila.

Assim que entraram no ônibus, a professora deu orientações às crianças.

— Lembrem-se de que é proibido alimentar os animais e precisamos manter uma distância segura de cada jaula.

Todos concordaram e a turma começou a conversar sobre quais animais queriam ver primeiro.

— Quero muito ver as girafas! Deve ser tão empolgante ver o mundo todo lááá de cima! — Baixa começou.

— Ah, eu quero muito ver os leões! Admiro muito o espírito de liderança deles! — Authentic disse.

— Nossa, Authentic, nunca pensei assim sobre os leões — falou Baixa. — Imagina que legal ser um leão também?

— Seria incrível! O rei da floresta! — Authentic imitou um leão e todo mundo riu.

— Ih, gente, vocês não estão com nada! — Um dos colegas seguiu os rugidos.

Lydia também tentou, divertindo-se junto com os meninos.

— E os avestruzes? Eles parecem girafas com asas e pernas compridas! — Baixa disse.

— Nossa, que comparação maluca, Baixa! — Authentic riu.

— E as zebras? Elas têm mais listras brancas ou pretas? — Baixa continuou.

— AH NÃO, BAIXA! — gritaram todos, rindo.

E então, a voz da professora encerrou todas aquelas discussões:

— CHEGAMOS!

Assim que desceram do ônibus, a professora passou mais orientações, afinal, todo cuidado é pouco. As crianças, que foram separadas em duplas, seriam auxiliadas pelos guias do Zoo e pela professora.

— Estamos prontos para ensiná-los e para responder tudo o que vocês quiserem saber sobre os animais. Caso precisem ir ao banheiro, nos avisem, ok? — um guia falou às crianças.

— Ao meio-dia, faremos a pausa para o lanche. Prontos? — a professora perguntou.

Os alunos estavam eufóricos. As opções eram muitas, e eles estavam com medo de não conseguir ver tudo em um dia só, mas eles adorariam se precisassem voltar ali mais vezes...

— Baixa, fique ao lado do Authentic. Ele é a sua dupla. — A professora apontou para Authentic.

Uma das primeiras paradas do grupo foi na área das zebras. Depois, eles logo avistaram as girafas e os pinguins. Baixa estava empolgado.

— Turma, vocês sabiam que as girafas só se alimentam de folhas de árvore? Alguém poderia me dizer como chamamos aqueles que possuem esse tipo de alimentação? — perguntou o guia, e Lydia ergueu a mão.

— Herbívoros, certo? — disse Lydia.

— Muito bem! E alguém sabe me falar mais um animal herbívoro? — o guia perguntou novamente, e Authentic levantou a mão.

— Os elefantes! — Authentic adorava os elefantes e queria fazer uma selfie com eles.

— Muito bem! — elogiou o guia. — E qual é a diferença da alimentação dos avestruzes e das girafas?

— Eu sei! — Baixa disse. — Eles, assim como eu, comem de tudo! Eles são onívoros!

A turma toda caiu na gargalhada.

— Muito bem! Estou vendo que aqui todos prestam muita atenção nas aulas de ciências.

O passeio estava indo muito bem, até que os olhos de Authentic foram parar nos arbustos ali perto. Logo em seguida, Baixa também se distraiu pelo mesmo motivo.

— **Authentic... Você acha que isso é...**

— ...um ovo de dinossauro? — Authentic sussurrou.

— O que vamos fazer? — Baixa estava maravilhado com aquela descoberta.

— Vamos levá-lo! — Authentic respondeu, já imaginando se aquele ovo caberia em sua mochila. Ele parecia maior do que ela.

— Eu te ajudo! — Baixa falou, colocando o material de Authentic em sua própria mochila.

Authentic já conseguia imaginar como seria ter mais um bichinho de estimação.

Authentic e Baixa estavam a caminho da área de alimentação, pois haviam se perdido da turma e já era quase o horário do almoço, quando, de repente, levaram um susto.

— Posso saber o que vocês tanto procuram? — Era a voz da professora.

— Nada, não, professora. — Baixa foi mais rápido para responder.

— Acabamos nos distraindo... — No mesmo instante, Authentic se sentiu mal por não falar a verdade.

— É melhor irmos encontrar a turma. Vamos! — disse a professora.

Eles seguiram para o local combinado e todos já estavam por lá. Authentic parecia nervoso ao chegar mais perto da turma. Teria que tomar muito cuidado com a mochila.

— Ei, por onde vocês dois andaram, hein? — perguntou Lydia.
— Contamos depois. Vamos lá para casa após o passeio. Tenho uma novidade.
— Authentic terminou aquela conversa o mais rápido possível.

O resto do passeio seguiu tranquilamente. Authentic segurava sua mochila com todo o cuidado e BaixaMemória estava sempre por perto para ajudá-lo. Todos estavam adorando o passeio e se divertindo muito!

    Quando finalmente viu o leão, Authentic ficou pensativo.

    — É, acho que dá para entender por que ele é o rei da floresta!

    Um dos guias fez algumas perguntas enquanto eles estavam ali, mas Authentic e Baixa não pareciam mais tão empolgados em participar. Eles não viam a hora de voltar para casa e contar à Lydia sobre o ovo.

Na hora de voltar para a casa, a agitação para entrar no ônibus era bem menor, mas todos pareciam felizes depois de um dia de muito aprendizado.

— E então, Authentic? O que você não podia me contar lá no Zoo? — Lydia puxou papo.

— Aqui não dá para conversarmos sobre isso, Lydia! — respondeu Authentic, tentando desviar do assunto.

— Ei, Lydia, acho que você não precisa esperar muito tempo para saber... Olhe só onde estamos — Baixa disse, quebrando a tensão, quando o ônibus finalmente estacionou no portão da escola.

Querendo descobrir logo o segredo de Authentic e Baixa, Lydia desceu correndo os degraus, seguida pelos meninos, que estavam tão apressados quanto ao entrarem no ônibus pela manhã.

Apesar da pressa e da vontade de sair o mais rápido possível para a reunião, eles ainda precisavam ouvir a professora.

— Pessoal, fico feliz por vocês terem prestado muita atenção e se comportado hoje. Não se esqueçam de fazer o trabalho contando o que aprenderam sobre os animais. Vejo vocês amanhã e com os trabalhos em mãos, ok? — disse a professora.

— AAAH! AMANHÃ? — a turma reclamou.

Assim que terminaram de ouvir o recado, eles finalmente puderam sair correndo em direção à casa do Authentic, que, por sorte, não era longe.

Enquanto Authentic foi avisar seus pais que havia chegado em casa e que estava brincando no jardim com Baixa e Lydia, os dois amigos sentaram-se na grama. Lydia estava ansiosa. Authentic voltou para o jardim e colocou sua mochila no centro deles, mais uma vez, com muito cuidado.

— Antes de tudo, preciso de uma lanterna! — Authentic disse, indo em direção à garagem para procurar o objeto e voltando assim que o encontrou.

— Lydia, esteja preparada para a coisa mais legal de todas. Baixa, segure a lanterna apontando para a mochila, por favor.

Authentic entregou a lanterna para Baixa, que atendeu ao pedido do amigo.

— É UM PRAZER APRESENTAR PARA VOCÊ... ELE... O OVO DE DINOSSAURO!

— **Não pode ser verdade!** — Lydia estava meio em choque com aquela revelação.

— Claro que é, Lydia! — Baixa disse, ainda segurando a lanterna, animado.

— Em que momento isso aconteceu, gente? — Lydia perguntou.

— Foi quando estávamos observando os avestruzes... Não é incrível? Imagina só tudo o que podemos fazer tendo um dinossauro de estimação?

— Tudo o quê? — perguntou Lydia, desconfiada.

— Ah, se ele for grandão, nós vamos poder ir com ele para a escola, de carona — Baixa respondeu, muito empolgado com a ideia. — E nós poderíamos chamá-lo de Charlie.

— Charlie? De onde você tirou esse nome? — Lydia riu.

— Charlie é um ótimo nome! — Authentic completou a empolgação de BaixaMemória.

— E o que ele come? — Lydia os desafiou.

— Ah... Deve ser o mesmo que um cachorro, né? — respondeu Authentic.

— Claro que não, Authentic. Cada serzinho precisa de cuidados diferentes — ela explicou.

Apesar da animação dos meninos, Lydia não parecia compartilhar da mesma ideia.

— E se isso não for um ovo de dinossauro? — Lydia disse. — Esse ovo pode ser de algum bichinho do Zoo.

Os meninos começaram a ficar tristes e perceberam que se foi preciso esconder da professora o que eles estavam fazendo e só contaram para Lydia longe dos colegas, eles não tinham agido de maneira correta.

— Vocês precisam levar o ovo de volta para o Zoo, mesmo que levem uma bronca — Lydia explicou.

— Você tem razão — Authentic concluiu. — Foi uma ideia muito boba. Nós devíamos ter chamado um dos guias quando achamos o ovo. Vou falar com o meu pai e pedir para ele nos levar de volta ao Zoo.

— É... Acho que é o melhor a se fazer... — disse Baixa, um pouco triste.

E foi então que o ovo começou a se mexer. Todos eles se afastaram. Quando a primeira rachadura apareceu e com ela surgiu uma pequena perninha, BaixaMemória voltou a iluminar o ovo com a lanterna. Então, outra pequena perninha saiu da casca. E mais uma rachadura surgiu no ovo, e, dessa vez, o que saiu dali pareceu deixá-los confusos.

— O DINOSSAURO TEM ASAS? — Authentic disse, bem alto.

Quando o filhote já estava fora do ovo, Authentic e Baixa se aproximaram para ver o que havia acabado de nascer ali.

— Já pensou poder ir voando para a escola? — sussurrou Baixa.

Authentic parecia pensar na ideia, mas antes de conseguir responder, Lydia se aproximou, dizendo:

— Meninos, esqueçam essa história! Nós nem sabemos o que ele é!

— Eu preciso pensar. — Authentic sentou-se ao lado de Baixa.

Lydia ficou observando a cena e Baixa continuava olhando para o filhotinho.

— Vou contar para o meu pai o que fiz, e ele vai me ajudar a fazer o que é certo.

Depois de conversar com o pai, Authentic ficou ainda mais chateado. Agora sabia que, se a gente não puder contar para alguém alguma coisa que tenha feito, então, está tomando uma atitude errada. O pai de Authentic advertiu os meninos e disse para o filho ligar para o Zoo e contar o que havia acontecido. Quando uma das cuidadoras do zoológico chegou à casa de Authentic, ela disse que o que eles fizeram foi errado e falou da importância de se respeitar o espaço de cada animalzinho.

— Quando virem alguma coisa suspeita, nos avisem! Nós estávamos procurando por esse ovo de avestruz.

— AVESTRUZ? — as crianças gritaram.

— Vocês pensaram que era um ovo de quê? — a cuidadora perguntou, curiosa.

— Dinossauro, ué... Olha o tamanho dele! — Authentic respondeu, envergonhado.

— Posso garantir que vocês presenciaram o nascimento de um avestruz — ela explicou.

— Poxa... Eu achei mesmo que fosse um dinossauro... — Authentic falou.

— Eu imagino. Bom, vocês fizeram algo errado, mas, depois, se desculparam e consertaram o erro... Então, vou deixá-los escolher o nome do avestruz — disse a cuidadora.

— Eu tinha pensando em Charlie, o que você acha? — Baixa perguntou para a cuidadora, que deu uma risadinha com a ideia.

— Boa escolha, Baixa! — ela respondeu esticando a mão para dar um toque.

A cuidadora foi embora levando Charlie, o pequeno avestruz, consigo. Os amigos ficaram mais um tempo conversando sobre tudo o que haviam aprendido, não apenas sobre os animais como também sobre responsabilidade e respeito.

— Acho que agora nós estamos mais do que prontos para escrever aquele trabalho — Lydia disse.

Então, Lydia e Baixa foram para casa.

Authentic começou a refletir sobre o que ele iria escrever, mas o ovo de dinossauro e suas consequências tinham marcado o dia dele muito mais do que qualquer outra coisa. Então, ele não tinha mais dúvidas.

No outro dia, Authentic estava confiante, principalmente por ter sido escolhido para ler seu trabalho.

Antes de ler, Authentic contou sobre o que fez e como aquilo poderia ter terminado de uma forma ruim, se não tivesse pedido ajuda e se arrependido. Depois, Authentic leu seu trabalho sobre a importância de ser responsável e não invadir o espaço de ninguém.

No fim, a sala estava orgulhosa por Authentic ter conseguido fazer a coisa certa e todos estavam ansiosos para conhecer o querido Charlie.

FALA, GALERA, BELEZA?

AQUI QUEM FALA É O AUTHENTIC!

Nesta história, aprendemos um pouco mais sobre respeito e, principalmente, sobre o verdadeiro sentido de graça, quando nem sempre recebemos aquilo que merecemos. Também aprendemos que não devemos pegar o que não é nosso sem permissão. Baixa e eu tivemos sorte de conseguirmos terminar a história de um jeito muito legal, pois nos arrependemos e pedimos desculpas pelo que fizemos de errado. Então, lembrem-se sempre de refletir antes de tomar qualquer atitude e respeitar o espaço de todo mundo, inclusive dos animais.

SOBRE O AUTOR

Marco Túlio, o nome por trás da marca AuthenticGames, é sucesso dentro e fora do YouTube! Com um currículo de peso, o youtuber e empresário já viajou por todo o país com seu show, tem em sua estante o Prêmio Jovem Brasileiro e, em 2019, entrou para lista FORBES UNDER 30. Mas as coisas não param por aí... Marco Túlio é um dos autores mais vendidos do país, com mais de 1 milhão de livros vendidos! Agora, seguindo em sua jornada pelo mundo da ficção, ele lança uma nova série de livros que pretende passar às crianças bons valores e importantes lições de vida.

Primeira edição (julho/2020)
Papel de miolo Offset 90g
Tipografias Pixel Operator e Molot Regular
Gráfica IPSIS

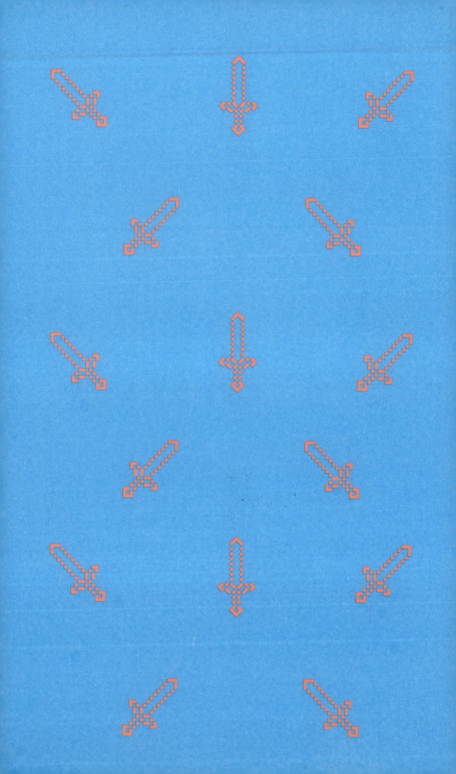